Analyse de l'œuvre

Par Natacha Lafond

Arsène Lupin, gentleman cambrioleur

Maurice Leblanc

lePetitLittéraire.fr

Analyse de l'œuvre

Par Natacha Lafond

Arsène Lupin, gentleman cambrioleur

Maurice Leblanc

Rendez-vous sur lepetitlitteraire.fr et découvrez :

Plus de 1200 analyses
Claires et synthétiques
Téléchargeables en 30 secondes
À imprimer chez soi

ARSÈNE LUPIN, GENTLEMAN-CAMBRIOLEUR

LA NAISSANCE D'UNE LÉGENDE

- **Genre :** roman policier jeunesse
- **Édition de référence :** *Les aventures extraordinaires d'Arsène Lupin*, Paris, Omnibus, 2012.
- **1ʳᵉ édition :** 1907, Laffite
- **Thématiques :** enquête policière, suspense, dandysme de la Belle Époque, noblesse et décadence, justice et justiciers, Robin des Bois, peinture sociale et psychologique.

Arsène Lupin, le voleur aux mille visages de Maurice Leblanc, apparait pour la première fois en feuilleton, dans le journal *Je sais tout* de 1905. Le roman tient ses lecteurs en haleine par de nombreux rebondissements, dans neuf nouvelles, qui sont publiées séparément chaque semaine avec un grand succès (22 000 exemplaires en 1907 jusqu'à 200 000 dès 1909). Il présente un personnage haut en couleur, un gentleman masqué, au cœur de la noblesse, que la police poursuit vainement et qui finit par lui faire la leçon en justicier des grands chemins. Il ne s'attaque qu'aux cercles mondains des nobles fortunés. Il ne pille que des billets d'argent et, surtout, dès objets de valeur à revendre, riches d'une mémoire historique et symbolique. Il ne s'intéresse qu'aux cercles mondains aristocrates.

Provocateur et insaisissable, il défie, pour finir, le fameux policier anglais Herlock Sholmès, aussi connu que lui dans son pays. La dernière nouvelle annonce ainsi un duel, *Arsène Lupin contre Herlock Sholmès,* dans le roman suivant. Dans chaque chapitre, le personnage légendaire annonce ses visites. Il présente, très souvent, les objets de son vol en fin connaisseur, tandis que les journaux publient ses actions de cambrioleur mesuré et de gentleman pseudojusticier.

MAURICE LEBLANC

UN ESTHÈTE ORIGINAL

- **Né en 1864 à Rouen**
- **Décédé en 1941 à Perpignan**
- **Quelques-unes de ses œuvres :**
  - *Arsène Lupin contre Herlock Sholmès* (1908), roman
  - *L'Aiguille creuse* (1909), roman
  - *L'île aux trente cercueils* (1919), roman

Beau-frère de l'écrivain Maeterlinck, cet écrivain de la Belle Époque nait dans l'entourage du médecin Achille Flaubert à Rouen, où il fait une excellente scolarité avant des études de droit. Il se marie en 1889 avec Marie-Ernestine Lalanne et se met à écrire, grand admirateur de Flaubert et de Maupassant. Il voyage souvent entre Nice, Paris, le Chat-Noir et la Normandie, avant d'acquérir le Clos-Lupin à Étretat, où il reçoit beaucoup et compose une grande partie de son œuvre, qui connait un grand succès. L'auteur invente une série de policiers à partir du personnage d'Arsène Lupin, tout en écrivant des œuvres de genres divers (romans sentimentaux et psychologiques, contes, pièces de théâtre, etc.). Reconnu par ses pairs, Conan Doyle ne l'autorise pas à utiliser, pourtant, le nom de Sherlock Holmes, qu'il transforme légèrement dans ses romans.

Divorcé dès 1912, il vit avec Claude entre Paris et la Normandie. Il est très marqué par la Grande Guerre, participe à plusieurs actions et rend visite à des soldats blessés. Il a une correspondance suivie avec Maurice Barrès et se fait remarquer pour ses orientations anarchistes originales.

Ses œuvres sont adaptées, entre autres, par le théâtre libre d'Antoine dès le début du XXe siècle, puis par les studios d'Hollywood et John Conway au cinéma, en 1932, avant d'être développées par le célèbre couple d'auteurs policiers jeunesse, Boileau-Narcejac, en 1973, avec *Le secret d'Eunerville*.

RÉSUMÉ

Le roman s'ouvre, ou presque, sur l'arrestation, soi-disant définitive, d'un cambrioleur réputé pour ses cambriolages originaux dans le milieu noble de la société française, le fameux Arsène Lupin. Le chapitre, *L'arrestation d'Arsène Lupin*, s'ouvre sur un paquebot transatlantique, allant de France en Amérique, où une annonce avertit les passagers de la présence du cambrioleur, dont on n'a que quelques indices physiologiques. Un certain M. Rozaine, soupçonné par les autres passagers d'être le voleur, se met à enquêter et à poser des questions gênantes, pour prouver son innocence ; il est attaqué sur le pont extérieur. Personne n'arrive plus à empêcher le vol annoncé de se faire. Seul le policier Ganimard, chargé d'enquêter sur Arsène Lupin, le retrouve facilement parmi les passagers, lorsque le paquebot arrive à destination. Il démasque Monsieur d'Andrézy et dénonce sa fausse identité, qui usurpe un homme décédé. Il est arrêté, entre autres, devant Miss Nelly, la femme qu'il a rencontrée pendant la traversée. Les bijoux et l'argent volés ne sont pas retrouvés ni restitués ; Miss Nelly est soupçonnée d'être sa complice.

Dans la deuxième nouvelle, *Arsène Lupin en prison*, une nouvelle annonce est réceptionnée par le baron Cahorn, surnommé le baron Satan. Il est menacé d'être cambriolé à son tour, dans son château féodal du Malaquis. La signature d'Arsène Lupin étonne le policier Ganimard, à tel point qu'il lui rend visite en prison. Interrogé vainement, tant sur ses activités que sur ses éventuels complices, le prisonnier arrive à se venger, sans que personne ne comprenne de quelle manière. Le cambriolage est effectivement réalisé avec succès. L'inspecteur a beau revenir en prison pour questionner le suspect, Arsène Lupin reste un mystère qui lui annonce, également, qu'il n'assistera pas à son procès et qu'il tient toujours ses promesses.

Or, dans la troisième nouvelle, *L'évasion d'Arsène Lupin*, une étrange substitution semble avoir été mise au point, entre deux prisonniers : Arsène Lupin et Désiré Baudru. Un peu avant le procès, alors qu'Arsène Lupin doit se déplacer dans une voiture pénitentiaire, il profite, sans doute, d'un changement de voiture pour s'évader. Retourne-t-il réellement, le jour même, à la prison de la Santé ? Le procès jette le trouble sur son identité ; le coupable dit s'appeler Désiré Baudru et non Arsène Lupin. Désiré Baudru est relâché, afin d'être suivi par les policiers qui espèrent capturer Arsène Lupin, son faux complice. Mais la sortie de Désiré Baudru est inutile et ne mène qu'à semer le trouble sur le travail du policier Ganimard lui-même.

Dans le quatrième chapitre, *Le mystérieux voyageur*, dans un train allant de Paris à Rouen, en Normandie, un nouveau retournement conduit Arsène Lupin à voler un voyageur et à faire arrêter Pierre Onfray, un criminel recherché par la police dans une course poursuite étonnante. Tout est restitué à Mme Renaud, la victime du train, grâce à Arsène Lupin. Le journal l'*Écho de France* publie, comme à son habitude, toutes les actions fantaisistes du cambrioleur. Il présente les différents vols à la fin de presque tous les chapitres du roman, par un entre-filet de faits divers sensationnels. Arsène Lupin n'est pas, non plus, en couverture des journaux ; il se glisse entre les informations nationales, touchant les particuliers, et ses victimes s'accumulent petit à petit, sans pouvoir se défendre.

Le voyage continue, symboliquement, dans le cinquième chapitre, *Le collier de la Reine*, qui invite les convives à suivre les pérégrinations d'un bijou historique. Lors d'un repas, la comtesse Dreux-Soubise évoque ainsi devant ses convives l'histoire de ce bijou, qu'elle se fait voler peu après. Il rappelle l'époque prérévolutionnaire et révolu-tionnaire, alors que les aristocrates se faisaient arrêter. L'enquête est rapidement classée, faute de preuves, et se solde par le renvoi d'une domestique, soupçonnée du vol avec son enfant. Un peu plus tard, le bijou est restitué à la Comtesse grâce à Arsène Lupin, au grand étonnement des journaux.

Dans *Le sept de cœur*, le voleur justicier arrive à déjouer une trahison nationale, en démêlant une affaire politique secrète, concernant les plans d'un sous-marin, construit par l'ingénieur Louis Lacombe, recherchés par deux frères suisses pour être revendus. Le gentleman-cambrioleur retrouve le plan qui est renvoyé au ministre de la Marine. L'affaire est, à nouveau, publiée dans les journaux, Arsène Lupin fait grand bruit comme à son habitude, sauf qu'il s'est distingué à une plus grande échelle, natio-nale, faisant presque la couverture du journal.

Le sauveur fait encore parler de lui au sujet de vols, dans l'affaire du coffre-fort de Mme Imbert, où ne se trouvent, en fait, que des faux billets, dans un retournement tout aussi saisissant.

Dans l'avant-dernière nouvelle, *La perle noire*, Arsène Lupin dénonce le meurtrier de la comtesse d'Andillot, tout en essayant de revendre la perle noire, un bijou de famille historique. Il laisse, une fois de plus, la même signature derrière lui, marquant son intérêt pour les beaux objets, les bijoux – et les billets.

Avec *Herlock Sholmès arrive trop tard*, le livre finit sur une dernière annonce de cambriolage, si habilement exécuté que les alertes lancées par le châtelain menacé au policier français Ganimard restent vaines, ainsi que son appel auprès du fameux policier anglais Herlock Sholmès. Ces alertes ne servent à rien, si ce n'est à mettre de côté Ganimard et à ouvrir l'enquête à l'international. La mégalomanie d'Arsène Lupin déteint sur l'affaire. L'anglais reconnait rapidement les traces du voleur, en retrouvant le déroulement du vol grâce au plan d'un souterrain et du passage secret de la bibliothèque.

Au château de Thibermesnil, Horace Valmont a invité, en effet, du monde, à qui il a évoqué l'histoire familiale de son château, ainsi que ses plans secrets. Après le repas, en pleine nuit, il est cambriolé, comme prévu par l'annonce d'Arsène Lupin. On y retrouve Miss Nelly, la complice présumée du gentleman-cambrioleur de la première nouvelle, qui avait jeté les preuves du vol dans la mer (appareil photographique Kodak). L'ancien prisonnier est désormais libre, défiant toute la police de son pays.

Le roman se finit sur une ouverture sentimentale, les retrouvailles du couple séparé dans la première nouvelle par l'arrivée de la police ; Arsène Lupin et Miss Nelly sont à nouveau réunis et participent au succès de Maurice Leblanc. Que fera le détective anglais ? Que deviendra ce couple ? Quelles sont les fins de ce voleur original ? Qui est-il réellement derrière son masque de noble ? Les questions se multiplient, les pistes sont à peine tracées et, pourtant, tout le système de Lupin est mis en place.

PERSONNAGES

ARSÈNE LUPIN, L'HOMME AUX MILLE VISAGES

Arsène Lupin est un personnage au visage insaisissable, qui est décrit dès les premières pages par mille visages différents. Pourtant, il est toujours reconnaissable par l'élégance de ses vêtements, qui se fond dans l'univers qu'il cambriole et secourt tour à tour. S'il n'est pas issu, à priori, de la noblesse, il ressemble aux châtelains et aux mondains fortunés qu'il fréquente, comtesses, barons, banquiers, artistes et représentants religieux. Les indices physiologiques annoncés dans le premier chapitre ne suffisent pas à le reconnaitre : couleur des cheveux, blessure au bras, grande taille, silhouette svelte et élancée. L'épisode de l'évasion prouve combien son physique porte à confusion : il a un physique plus émacié depuis son passage par la prison et un visage méconnaissable. Il joue avec les identités et les faux documents : de Monsieur d'Andrézy, un faux mort, en passant par des identités non démasquées, Arsène Lupin fait partie des convives, des hôtes de marque, voire des familiers de nombreux châtelains, qui lui confient leurs secrets de famille.

Esthète, il s'attaque souvent à des objets de famille, des meubles ou des bijoux anciens, qui ont une valeur financière importante, une valeur affective inestimable et une valeur testimoniale historique (perle noire et collier de la Reine). De nombreux descriptifs de ces objets sont présentés par leurs propriétaires, par le voleur ou par les journaux ; ils insistent sur le choix de ces objets, de beaux biens plus que des billets de banque, voire des faux billets de banque... Arsène Lupin fait du troc : il cherche à les vendre et à faire de l'argent, même si ce n'est pas ce qui est prioritaire dans la présentation. Cambrioleur et gentleman à la fois, il se distingue en premier des autres voleurs par le choix de ses victimes et de ses pillages : il ne vole que les plus fortunés et leur image, les blasons de famille, pourrait-on dire, qui sont dans leurs propriétés depuis des siècles. Il ne s'attaque qu'à un univers social spécifique, en fin connaisseur des biens nobles et en admirateur de leur tradition.

Habile et ingénieux, tant par ses changements d'identité, son air noble et son gout que par ses méthodes fantasques, il construit sa réputation sur les annonces qu'il envoie, dans un geste de politesse très ironique : soit il envoie des lettres, des missives, signées de son nom ; soit il se fait annoncer par un tiers. Même si les actions d'Arsène Lupin ne semblent relever que du fait divers, il est suivi de près par un ensemble important de policiers, de victimes et de curieux. Ses méfaits ont parfois des airs de jeux fantaisistes, autant que d'exploits sensationnels. Les journaux insistent sur cet aspect provocateur du personnage, haut en couleur.

Au fur et à mesure qu'Arsène Lupin arrive à réaliser ses plans, il se transforme en Robin des Bois. Voleur des cercles fortunés, il n'aime pas se salir les mains avec les meurtres ; il insiste sur la distinction à plusieurs reprises, par la dénonciation du suicide d'un des frères suisses, soupçonné d'avoir été tué dans l'affaire du *Sept de cœur* (plans d'un sous-marin français). De même, Arsène Lupin dénonce le meurtrier Pierre Onfray, lors du vol des passagers du train allant de Paris en Normandie.

Au fur et à mesure que la narration avance, et que les actions d'Arsène Lupin s'accumulent, ce sont les policiers qui sont mis à mal et critiqués comme des *pseudopoliciers*, tandis que le voleur se démasque comme un gentleman ; il restitue, parfois, l'argent volé, aide des victimes dans leur enquête personnelle, alors que l'affaire est classée par la police, dénonce les meurtres et la trahison, etc. Il fait penser au personnage de Robin des Bois, très connu par les enfants : voleur des grands chemins, mais aussi, et surtout, justicier des victimes que personne ne défend. Si Arsène Lupin aide certains nobles et condamne des criminels pauvres sans vergogne (domestiques, etc.), parfois à tort (Désiré Baudru dont il n'a pas pitié et qui reste, à priori, en prison après le procès, etc.), il tient à œuvrer dans le monde fortuné de la noblesse. Selon des critiques, on retrouve, par cette signature personnelle, un trait de l'anarchisme avant-gardiste de l'auteur fin de siècle Maurice Leblanc. Arsène Lupin ne s'attaque, ainsi, qu'à l'univers aristocratique, tout en lui rendant hommage par la peinture sociale qu'il met en scène dans ses cambriolages. Grâce à ce retournement progressif en Robin des Bois des grands chemins, faisant justice comme bon lui semble, tout en gardant, encore, des biens volés (!), il se targue d'appartenir, de plus en plus, à cet univers, avec lequel il semble se confondre. Il y retrouve, en outre, une compagne, pour former un drôle de couple, mais qui convient tout à fait à l'esprit des châtelains : Arsène Lupin et Miss Nelly.

Le gentleman dénonce ainsi les défaillances de la police et du système judiciaire ; il pointe également, indirectement, les injustices du système social, en ne s'attaquant pas au premier venu, mais seulement aux plus fortunés, tout en honorant la mémoire de la noblesse. Il pourrait être l'un de leurs pairs, en gentleman fantaisiste insouciant. Il relève, enfin, des dandys un peu légers, esthètes et soucieux de la bonne sociabilité. Il a un rire très marqué, un rire qui s'entend de loin : il aime rire à des moments étonnants, dans le silence du suspense provoqué par ses annonces, etc.

Un peu Robin des Bois dans son approche ludique des cambriolages, il aime se faire publier et reconnaitre par les journaux avec son nom. Il signe sans visage, acquiert une réputation nationale et même internationale : Arsène Lupin parait honoré de la présence du policier anglais et prêt à relever son défi.

LES POLICIERS

Un seul policier est présenté comme un personnage à part entière, avant l'annonce de l'arrivée de Sherlock Holmes, pour le roman suivant : Ganimard, un petit homme âgé, qui est très peu décrit physiquement, mais qui est célèbre pour ses enquêtes sur les cambriolages d'Arsène Lupin. Il l'a poursuivi assez longtemps, vainement.

Le livre s'ouvre, pourtant, sur une arrestation étonnante du voleur, qui parait simple et rapide. Ganimard démasque la fausse identité d'Arsène Lupin, presque seul face à lui, sans avoir recours ni à la force ni à une course-poursuite, etc. Le voleur est pris dans son propre jeu. Mais le livre commence à peine ; plus la narration avance et plus Ganimard s'efface. Sa dernière enquête est un fiasco, il est relayé par le détective anglais, pendant qu'il est en vacances. Alors qu'il pensait tenir Arsène Lupin en prison, il a été trompé ; ensuite, il est dénoncé comme un pseudopolicier et semble tomber dans la complicité lorsqu'il cherche à savoir si Désiré Baudru, la victime enfermée à la place de Lupin, travaille avec ce dernier.

D'autres policiers viennent le seconder très rapidement, dès le chapitre sur l'évasion d'Arsène Lupin, puis dans le chapitre *Un mystérieux voyageur* : les inspecteurs Dieuzy et Folenfant, etc. À partir de ce chapitre, les affaires sont classées plus rapidement, les policiers sont moins présents et dépendent, ou presque, des actions d'éclat d'Arsène Lupin, restituant de l'argent, des plans ou non, selon sa bonne volonté, etc.

Enfin, il faut remarquer le retrait symbolique de la police par les appels du châtelain à Ganimard, alors qu'il est en vacances. Ce dernier ne tente plus grand-chose et le cambriolage a lieu, comme prévu, à l'heure exacte annoncée par la missive.

Le dernier recours est le policier anglais, aussi célèbre qu'Arsène Lupin dans son pays auprès des lecteurs : une fin ironique remarquable de la part de Maurice Leblanc, avant de proposer son deuxième roman à succès qui confronte deux légendes, un cambrioleur et un détective. Comme le succès d'Arsène Lupin le souligne, L'*Écho de France* s'attarde surtout, avec admiration, sur ses actions.

Enfin, un troisième personnage doit être évoqué, le monde de la noblesse. Maurice Leblanc a composé une peinture sociale au réalisme pittoresque, où défilent comtes, comtesses et barons, etc., sans qu'aucun, ou presque, à l'exception de Miss Nelly, ne devienne un personnage de premier plan. Pourtant, la noblesse constitue une clé de lecture à part entière de cette analyse.

CLÉS DE LECTURE

LE SUSPENSE POLICIER

Ce premier Arsène Lupin relève d'un genre plutôt conventionnel qui obéit aux mêmes lois depuis le XIXe siècle, dans la veine des *Crimes parfaits* présentés par Christian Poslianec, qui regroupe divers extraits des grands classiques du roman policier jeunesse. Sans doute faut-il rappeler également les auteurs Boileau-Narcejac, dont les trames policières sont plus légères et plus proches de l'humour de Maurice Leblanc.

Le roman-feuilleton s'appuie, plus particulièrement, sur le suspense et sur la diversité des rebondissements de chaque épisode. On retrouve ainsi une grande variété d'actions qui se recoupent ouvertement (collier de la Reine et perle noire ; souterrains du Sept de cœur et du dernier chapitre, etc.), tout en proposant des mises en situation très différentes : on passe d'un paquebot à un train, d'une prison à une cavale, des châteaux de campagne à une réception en ville, etc. Les lieux changent à chaque fois, même s'ils ont des points communs évidents. C'est la fin qui est tout à fait remarquable, puisqu'elle invite à lire le roman suivant, pour suivre le duel entre le voleur français et le policier anglais.

Le deuxième élément repose sur l'importance des annonces avant et après les cambriolages : à voix haute ou à voix basse, par une lettre, une missive ou un journal, la signature d'Arsène Lupin présente un nom qui tient à tenir ses promesses. Le lecteur sait toujours à l'avance ce qui va se passer, tout comme les victimes. Ces annonces déplacent l'attente du suspense traditionnel. Il ne s'agit pas de se demander ce que va voler le cambrioleur, ni à quel moment, mais comment il va le faire et s'il le réalise ou non.

Il n'y a pas d'arme du crime, si ce n'est la signature d'Arsène Lupin, l'annonce inquiétante qui désarme les victimes. Il n'est que rarement question des détails des armes utilisées, comme on pourrait le trouver dans d'autres récits policiers. Ce personnage inquiète et crée une attente chez la victime autant que chez le lecteur. Comme toutes les actions de Lupin se réalisent, les victimes ne peuvent pas réellement réagir, elles ne peuvent qu'observer passivement et constater les *pots cassés*, alors qu'elles ont alerté la police. Au fur et à mesure que les réussites s'accumulent, l'inquiétude s'exacerbe. Le lecteur sait par avance qu'Arsène Lupin arrivera à ses fins ; seul le détective anglais le fait hésiter.

C'est le personnage qui crée l'effet de surprise principal, son retournement progressif en justicier des grands chemins, pour devenir un cambrioleur et un gentleman ; l'effet de boucle est complet, avec le passage de l'arrestation à la fuite anticipée d'Arsène Lupin face au policier anglais. Le sens du suspense s'est déplacé vers l'identité du personnage et sur ses fins.

« Qui vise-t-il » est sans doute la question fondamentale, et « pourquoi ? ». À la façon d'un peintre des âmes, le narrateur du policier donne vie au réalisme critique de ce roman jeunesse, par une fine approche psychologique des personnages, et, surtout, des mises en situation, comme autant de saynètes indépendantes. L'inspiration flaubertienne repose sur cette narration alerte, qui enchaine des lieux précis à une temporalité concentrée sur chaque cambriolage, une temporalité tendue et commentée par divers personnages. La tension augmente jusqu'à l'apothéose de chaque chapitre, le moment du crime, qui est relevé avec précision, en quelques lignes. L'art du détail est consommé, associé à une « habile composition », selon Pierre Assouline dans *La République des Lettres*. La lecture s'accélère pour le lecteur. Le travail du suspense s'appuie sur cette perception subjective exacerbée du temps pour les victimes et les policiers, etc. Ces derniers n'arrivent ni à retarder le temps du vol ni à retrouver ses traces, les souvenirs du passé.

L'exemple de l'insertion des annonces écrites dans le texte, qui se distinguent toujours par des italiques, des majuscules ou des guillemets, etc., participe à cet effet de réel, qui constitue la base du roman policier. Cette insertion présente un corps comme étranger dans la trame narrative fictionnelle, pour insister sur ses origines. Certains chercheurs se sont ainsi penchés sur la question de l'inspiration d'Arsène Lupin dans les faits divers réels de l'époque, qui auraient présenté des vols similaires. Le réalisme du genre policier repose sur cette double perspective : la peinture psychologique d'un fait divers et celle, sociale, d'une classe toujours menacée depuis la révolution.

Ce roman policier jeunesse s'appuie ainsi sur des *ingrédients* faciles à reconnaitre par ses lecteurs, qui ne perdent pas leurs repères :

- les lieux de l'aristocratie de la Belle Époque ;

- les armes d'un crime, presque, transparent, grâce aux méthodes, originales, d'Arsène Lupin ;

- l'image, surprenante, d'un cambrioleur et gentleman, un pseudojusticier ;

- la composition romanesque variée et la progression narrative ;

- le réalisme psychologique flaubertien du roman, une horloge du temps policier.

Le traitement du temps crée le suspense dans la narration, dans un cadre réaliste, qui ne s'appuie pas sur une peur inquiétante, comme dans d'autres romans policiers, mais sur l'art du détail pittoresque et la surprise éclatante. C'est une caractéristique propre, non seulement, au roman jeunesse, qui limite les effets angoissants, mais surtout à la création du personnage de Maurice Leblanc. Le lecteur peut s'identifier et suivre, sans trop d'inquiétude, les actions d'Arsène Lupin, qui annonce tout et réussit toutes ses actions, ou presque. Sans rien enlever au suspense du livre, autrement dit à l'attente suscitée par les différents rebondissements des histoires de Lupin, le lecteur y retourne d'autant plus volontiers.

Il y a toujours des questions en suspens, des questions qui se posent, à défaut d'avoir peur de ce qui est déjà connu : on peut penser, par exemple, à l'univers mondain qui entoure Lupin et aux différentes visites, qu'il amène à faire à son lecteur ; que peint le roman ? On peut aussi citer, par ailleurs, les mobiles de Lupin et son identité cachée, ou encore sa relation avec Miss Nelly et les dessous de sa vie privée : on ne sait pas grand-chose, non plus, de la vie de ce personnage ; on le suit uniquement de l'extérieur, par ses actions. C'est ce qui justifie les nombreuses suites de ce roman initial : les confidences d'Arsène Lupin, le récit de ses amours et de ses rencontres mondaines, la suite de ses vols et de sa vie. À la différence d'autres romans policiers jeunesse, plus proches des romans de cape et d'épée, des romans d'actions ou encore des romans d'aventures, le roman policier de Maurice Leblanc, plus encore que celui des Boileau-Narcejac, repose sur un suspense psychologique et sur la fresque sociale de la Belle Époque.

Le suspense dans cette œuvre relève ainsi d'une question sans réponse, toujours en attente (mobiles), tout autant que de l'univers des magiciens ou des sorciers surprenants, à mi-chemin entre le domaine des adultes et celui, plus manichéen, des enfants. Un suspense plus complexe, qui, par le tableau *critique* de la noblesse fascinante et la présence de l'humour, pose les jalons d'une série incontournable, tout en respectant les lois du genre.

PORTRAIT DE LA NOBLESSE : GRANDEUR ET DÉCADENCE

La noblesse forme un ensemble composite, sans aucun personnage à l'égal d'Arsène Lupin ; ils changent à chaque chapitre, puisque chaque épisode évoque un nouveau cambriolage. Ainsi, les nobles passent de chapitre en chapitre.

Seule Miss Nelly revient à deux reprises dans le roman ; appartient-elle réellement à cet univers ou est-elle masquée à son tour ? Séduite par la galanterie du cambrioleur et par sa conversation, elle le protège sans rien dire. Elle est à peine présentée et, pourtant, elle rappelle les scènes galantes de la noblesse mondaine, annonçant un autre roman à succès de Maurice Leblanc, sur les amours d'Arsène Lupin.

Le premier trait qui caractérise la plupart de ces personnages relève de l'hospitalité et de la sociabilité : ils invitent des convives autour d'un repas, d'une fête, etc., et voyagent souvent, se retrouvant sur un paquebot ou dans un wagon de train. Ils connaissent du monde : des personnages types de leur entourage, proches de la noblesse par tradition.

Deuxième trait caractéristique : ils évoquent, souvent, leurs souvenirs, l'histoire de leur famille, et sont représentés par leurs biens, qui ont une histoire. C'est un autre point remarquable dans le roman. L'objet volé n'implique pas simplement une valeur pécuniaire, mais une mémoire, qui semble fasciner Arsène Lupin.

Le gentleman-cambrioleur est un personnage unique, qui fait l'inventaire des biens des nobles et distribue, pour ainsi dire, les cartons de visite en vidant les lieux de leur fonds et, précisément, de leur mémoire. Il fait tomber ces nobles les uns après les autres et leurs portraits sont croqués rapidement, notamment par des biens. Le souterrain, comme les plans secrets du sous-marin, représente, symboliquement, les dessous de ces châteaux : loin des basfonds criminels dépeints par un Eugène Sue, les souterrains mènent à une bibliothèque, les livres et l'histoire de ces familles, entre autres. En traversant les livres, le gentleman retrouve les meubles à voler. Il contrefait leur identité, autrement dit, il connait bien la noblesse pour la piller, et il la pille pour se l'approprier. Arsène Lupin accède aux souterrains de la noblesse et à ses traits fondamentaux. Le souterrain de la bibliothèque du dernier chapitre rappelle celui du *Sept de cœur*, un secret de défense nationale, préservé par le cambrioleur. Si Arsène Lupin vole et contrefait à la fois la noblesse, c'est, sans doute, qu'il l'admire, l'honore tout en lui volant son identité, autant que ses biens, dans un grand éclat de rire moqueur.

Fasciné, il est séduit par la noblesse, par Miss Nelly, et par son histoire, tout en la dénonçant prestement, séduisant, ainsi, à son tour, son lectorat de l'*Écho de France*, dans une ancienne veine anarchiste révolutionnaire, tout autant que ses victimes. Pour préciser et nuancer ce point, la fascination exercée par la décadence de la noblesse de la fin du XIXe siècle incite à l'admiration de son art du Beau et de ses fortunes, dans tous les sens du terme. L'histoire ne s'oublie pas pour Arsène Lupin.

Le plan du sous-marin, lui, semble être sauvegardé ; l'image ne manque pas d'une pointe d'ironie acérée.

Les nobles, quant à eux, sont des victimes impuissantes face à ce qui leur arrive ; ils ne peuvent que rarement retrouver leurs biens.

L'HUMOUR

Pour aller plus loin dans le portrait de la noblesse du début du XXᵉ siècle, marquée par les transformations de la société, on peut prendre l'exemple de l'œuvre burlesque d'Alfred Jarry, *Ubu Roi*. Rois et reines sont détrônés depuis longtemps, les têtes sont tombées et tombent pourtant encore dans les filets d'Arsène Lupin. L'effet de catalogue est proche du burlesque de cette comédie, s'appuyant sur la fantaisie et l'humour. Si le roman policier n'est pas autant marqué par ce registre, par son réalisme génétique, il présente, cependant, une série de vols sensationnels, elliptiques et invraisemblables. Le rire du roman jeunesse repose sur cette rencontre entre la fantaisie des vols et le réalisme de l'univers des nobles, entre un cambrioleur et un gentleman, par un jeu oxymorique étonnant. Le titre de l'œuvre représente bien cette part d'absurde qui caractérise la narration et le personnage principal. L'humour dans ce roman est critique : il éclaire le parti pris d'Arsène Lupin face à la noblesse et à la société de la Belle Époque. Il relève de l'ironie (fausse identité du voleur) autant que du burlesque (vols en série) ou de l'absurde (un gentleman-cambrioleur) ; il s'appuie sur différentes facettes du comique, à différents endroits du roman. Il confère, surtout, un ton plus léger à l'ensemble des épisodes. Il en fait un roman jeunesse, où tout se finit, presque, bien. Certains évènements sont à peine évoqués et seuls les exploits du personnage légendaire sont retenus. Rien ne surprend et, pourtant, tout relève du policier.

Le retour de Miss Nelly et ses retrouvailles avec Arsène Lupin relèvent, plutôt, du conte de fées. Aux exploits du justicier original, érigé en légende, s'ajoute un heureux hasard, la veine romantique du Lupin gentle-man. Et ce, avec humour, en pleine nuit, alors que devait se jouer un drame. La mise en situation pourrait relever, là aussi, d'une forme de comique traditionnel, le qui-proquo. Miss Nelly s'attendait-elle vraiment à retrouver Arsène Lupin ? Le lecteur, lui, ne s'y attendait pas. L'effet de surprise est presque renversant ; les coups d'éclat de Lupin, toujours présentés entre deux réceptions, n'en finissent pas de s'appuyer sur une légèreté désinvolte, représentée, notamment, par le fameux rire de Lupin.

Son rire, qui éclate assez ouvertement, alors que la situation ne s'y prête pas toujours, repose sur un deuxième élément, tout aussi important que sa part de jeunesse romanesque. Les réussites et la fantaisie d'Arsène Lupin lui rendent ainsi sa joie et celle de ses lec-teurs. Mais le rire du personnage, qui se fait remarquer et aime se faire annoncer, est aussi celui du dandy fin de siècle, le rire un peu satanique analysé, notamment, par Baudelaire dans sa critique sur *L'essence du rire*. À la différence du sourire, plus discret et en connivence avec ses pairs, le rire satanique représente la part maudite de l'homme, ses tentations et/ou son mépris. *Diabolique,* il se fait entendre pour se faire remarquer et provoquer ses pairs. Le dandy, entre deux siècles, est à l'image du poète maudit, un être plutôt marginal dans la société. Son rire est l'expression de cette différence ou de cette distinction et de sa propre décadence. Le dandy est, par définition, un être plutôt décadent, qui assiste, activement, à un changement de société important autour de lui. Il participe à la décadence passive de la noblesse, à la fin d'une ère, alors qu'il est lui-même un être décadent, au sens actif. Le dandy disparait, à son tour, à la fin de la Belle Époque. Il a plusieurs points communs avec la noblesse, entre autres, la légèreté, qui se fait entendre par ce rire inquiétant.

L'humour, dans ce roman policier jeunesse, est tout aussi double, ainsi que le personnage principal : il rassure, par une narration enjouée et une fin plutôt gaie, tout en rappelant la trame plus souterraine, l'arrière-plan de ces coups d'éclat fantaisistes.

PISTES DE RÉFLEXION

QUELQUES QUESTIONS
POUR APPROFONDIR SA RÉFLEXION...

- Dans quelle mesure Flaubert a-t-il influencé l'œuvre de Maurice Leblanc ? Est-ce suffisant pour justifier la reconnaissance d'un Jules Renard ?

- Quelle est la place des journaux dans la société de la Belle Époque et de la société moderne du XXe siècle ?

- En quoi peut-on parler d'un réalisme psychologique dans l'œuvre de Maurice Leblanc ? Cette perspective explique-t-elle les adaptations proposées par le théâtre libre d'Antoine ?

- Comment peut-on analyser la symbolique des vêtements dans l'œuvre : un signe de reconnaissance sociale ou un signe de provocation anarchiste, selon la terminologie de Roland Barges dans *Mythologies* ?

- Peut-on parler d'une esthétique de la description pittoresque ? Peut-on la rapprocher de l'art des caricatures de la Belle Époque ou de l'art du croquis réaliste ?

- Peut-on comparer ce roman policier à ceux de Conan Doyle et à ceux qui se développent, dans un registre plus sérieux en jeunesse (J.D. Carr, I. Asimov, etc.) ? En quoi peut-on parler d'une œuvre jeunesse ?

- Qu'en est-il de la présence et des valeurs de la société bourgeoise dans ces romans ? Peut-on parler d'une influence du roman populaire ?

- Quelles sont les perspectives adoptées par les adaptations de l'œuvre de Maurice Leblanc, au théâtre et au cinéma, des années 1900 à nos jours ? Comment expliquer un tel succès ?

POUR ALLER PLUS LOIN

ÉDITION DE RÉFÉRENCE

- LEBLANC M., *Les aventures extraordinaires d'Arsène Lupin*, Paris, Omnibus, 2012.

ÉTUDES DE RÉFÉRENCE

- ALBERES F., *Le dernier des dandies, Arsène Lupin, Étude de Mythes*, Paris, Librairie A.G. Nizet, 1979.

- DEROURARD J., *Dictionnaire Maurice Leblanc*, Paris, Belles Lettres, 2001.

- DEROURARD J., *Le Monde d'Arsène Lupin*, Paris, Belles Lettres, 2003.

SOURCES COMPLÉMENTAIRES

- POSLANIEC C., *Crimes parfaits*, Paris, École des loisirs, coll. « Medium », 1999.

- *Revue LIRE, Le Magazine Littéraire, Arsène Lupin*, n° 494, février 2021.

ADAPTATIONS

CINÉMA ET TÉLÉVISION

- CARRÉ M., *Les Aventures d'Arsène Lupin*, cinéma muet, France, 1909.

- LARSEN V., *Arsène Lupin affronte Sherlock Holmès*, série télévisée, Allemagne, 1910.

- MIRANDE Y., et WILLEMETZ A., *Arsène Lupin banquier*, opérette, Théâtre des Bouffes-Parisiens, 1929.

- CONWAY J., *Le Retour d'Arsène Lupin*, cinéma, États-Unis, 1932.

- BECKER J., *Les Aventures d'Arsène Lupin*, cinéma, France, 1957.

- ROBERT Y., *Signé Arsène Lupin*, série télévisée, France, 1959.

- MARCILLAC J., *Arsène Lupin*, France, série radiophonique, 1960.

- GIROUX A., et LEMELIN R., *Série Arsène Lupin*, radio québécoise, Canada, 1960.

- NAHUM J., *Arsène Lupin*, avec Jacques Dutronc, série télévisée, franco-canadienne-belge-allemande, etc., 1971-1974.

- ASTRUC A., *Arsène Lupin joue et perd*, série télévisée, France, 1980.

- COPRODUCTION, *Le Retour d'Arsène Lupin*, série télévisée, France, 1990.

- SALOMÉ J.P., *La Comtesse de Cagliostro*, cinéma, France, 2004.

- Japon et Canada, années 1990 et 2010.

ADAPTATIONS LITTÉRAIRES

- BOURDIN G., *France Soir*, 1948 et BLONDIN J., *Parisien Libéré*, 1956 (journaux).

- BOILEAU-NARCEJAC, T. et P., *Le Secret d'Eunerville*, Paris, Librairie des Champs-Élysées, 1973 (suite fictive, roman policier jeunesse).

- DUCHÂTEAU A.P., Série *Arsène Lupin*, adaptations complètes, Toulon, éditions Soleil, coll. « Détectives » BD, 2001-2003 (bandes dessinées).

- Japon, nombreuses adaptations (mangas).

lePetitLittéraire.fr

- un résumé complet de l'intrigue ;
- une étude des personnages principaux ;
- une analyse des thématiques principales ;
- une dizaine de pistes de réflexion.

**Retrouvez
notre offre complète sur
lePetitLittéraire.fr**

ISBN version numérique : 9782808024235
ISBN version papier : 9782808024242
Dépôt légal : D/2021/12603/51

Conception numérique : Primento,
le partenaire numérique des éditeurs.

www.ingramcontent.com/pod-product-compliance
Lightning Source LLC
La Vergne TN
LVHW010841200726
843508LV00012B/2687